我早早来到心中的圣殿

我的西藏诗篇

邹 进◎著

西藏藏文古籍出版社

代序

途经一座爱情的圣殿

都说现在的诗人是异类，诗歌的真诚也早已被喧哗盖过。但，当你读诗歌，你会发现，这团生命之火，何曾灭过？

诗人邹进游历西藏15天，创作66首爱情诗，他将自己对自然、生命、爱情的感受，以洗炼细腻的文字跃然纸上，诗句里无不彰显人与物之间的动与静的和谐；人与人之间的爱与被爱的依恋；生命之美充盈于天与地之间，众生平凡而伟大。他的诗呈现出抽象的美学意象，扣人心弦又引发深思，让我们去勇敢探索每一个个体内心的情感底色，犹如途经一座爱的圣殿，抵达最隐秘的爱情栖所。

他宛如一位画家，用一抹"纳木错蓝"调制出圣洁绝美的西藏风情——幽静的圣湖镜面上摇曳着灵动女子的明眸，清冽的雪山之巅迎来神明之光。雾霭稀薄的黎明与夜空中高悬的繁星总是离诗人灵魂最近的地方，他双手合十在心中默念爱的箴言，赞颂着爱情的美好。他以诗歌之名营造了一个爱的仙境，既直面神性的纯粹，亦剖析人性的复杂。女神在诗人的笔下永远不死，浪子在诗人的吟唱里普度众生。

在《就像所有江河的源头》这首诗中，诗人发问："为何你又悄悄地逃遁，要像黄河长江各奔前程？"把爱附着在壮丽的自然之中，给予爱强大的能量。雪山和精灵是诗人对爱情意义的隐喻，它们出现在很多首诗里。被赋予了意义的爱可以改变人的命运，让人有勇气展开双臂接纳生命中的美好。在《你第一次在我眼前出现》中，诗人在唐古拉山口看见"爱情"，一如北斗星，神圣又遥远，在苍穹众星中闪闪发光。也许在相爱的人心中都有爱的天梯，独自向上生长，彼此勇敢奔赴，最终，在最高处见。

　　大胆瑰丽的修辞，在诗人的笔下奋力绽放，将非常私人的体验与灵魂的洗涤和升华纠缠在一起，让诗句既端庄睿智，又充满了诱惑。西藏绝美的自然风光成为诗人赞叹爱情的画板，诗人描绘苍穹和湖泊、经筒和冰川，白雪皑皑的山脉在融化，一如爱情亦是如此光芒闪耀又神秘莫测。他对爱情提出种种假设：爱情从何而来？它如何汇聚成一条亲爱的河流，爱情的源头为江河，让心中有爱的人去勇敢探索，时而矜持，时而矛盾，内心的情感含蓄又深邃，沉重又谨慎，既热烈又胆怯，诗人如此解构爱情真正隐秘的内涵，动人心魄。

　　金色的微风吹过了一千三百年，一千匹马来迎接你，所有的鲜花赠予你。你重塑爱的金身，我去求得爱的真经。你如月光皎洁，抚慰我心，我如满天星辰，遍撒你周围。幻化了几百几千次，相遇了几百几千次，又分别了几百几千次，只有因缘和爱不能被轮回磨损，永远凝固在这幅澄明清澈的画卷里。

城市的噪音太大，我们早就听不见自己的内心，也听不见真正的爱情的声音，以至于当它来了，我们不知道它来了，当它走了，我们亦无法挽留，不知该如何抚慰心灵的伤痕。这正是我们需要读诗的缘由，在诗人的世界里，内心和情感都是赤裸的，它们毫无保留地呈现在每一行的比喻里，等待能安静阅读的人俯身捡拾。

在这个喧嚣疲惫的时代，这本《西藏诗篇》是诗人在诗歌的原野上拈花涉水，在历史的尘埃里拾取光芒，在心灵的净化中滋养生命，希望每位读者在经过这座爱情的圣殿时，都能在其中找到自己爱的归途。

目 录

我的西藏诗篇

就像所有江河的源头

就像所有江河的源头
爱情的源泉也是一个谜
它从哪个心眼里流出
汇聚成我亲爱的河流

今天我飞到青藏高原
从上空俯瞰白雪皑皑的山脉
它的融化是秘密的行动
歌声也不能把它揭露

都伪装成山的样子吗？
跟我一路向南去取爱的真经
从格尔木到唐古拉山口
我的心也会越来越沉重

雪山啊，盛满美酒的银器

凝聚着黄河长江的波涛

像恋爱的男女死死拴住激情

害怕它一泻千里无所顾忌

精灵啊，你神秘地下凡

在我心中起搏高尚的心声

为何你又悄悄地逃遁

要像黄河长江各奔前程？

鸟兽也不会毁坏窝巢

人更是要被爱情改造

谁见过大江大河回溯倒流

伸出的双臂，又怎能回收

你第一次在我眼前出现

你第一次在我眼前出现

我就确定，你是我心中的北斗

哪怕我不看你，我都知道

你在众星中闪闪发光

苍穹啊，弥漫甘美的气息

喂我以琼浆玉液

我的心因为向往你

破土而出，向上生长

唐古拉山口，离天最近处

我离你最近，只有一步之遥

我发出灵魂的拷问

你看着我，笑而不语

七个星搭起的棚架

吸引我奋力攀缘

我用卷须和吸盘

牢牢地抓住你的一言一语

默默的爱在高处向我示意

神圣之气吹进每一根草茎

不要怪我伸向你的手臂

都已充满复苏万物的勇气

如今我是迷茫的藤蔓

像绿皮火车爬上雪域高原

我已寄于爱情的篱下

纵有痛苦，此生亦值

我在吐蕃酒吧遥望

我在吐蕃酒吧遥望

落日下的布达拉宫

我们会在八廓街邂逅吗?

你突然拉下滑稽的面具

那触动人心的一刻

一生能有几次!

我呼吸急促,隐隐作痛

谁说这是高原反应?

精灵的行踪并不神秘

近在咫尺却难以把握

在狭窄的街巷痴情寻找

千人一面,都似曾相识

可是预感都不再应验

天色已晚，只能等待明天

崇高的心从未受过鞭笞

晚霞却露出条条血痕

我从未认识的这片国土

奔腾的拉萨河充满渴望

手机信号时断时续

我早已将你在心中定位！

奇迹已经发生过一次

不要指望它再次发生

在这座伟大的宫殿下面

我希望爱，庄严又神圣

随风飞舞的蝴蝶

随风飞舞的蝴蝶

清灵透彻的冰雪

看到天边的云锦就发现

你隐藏的身体此时显露

纳木错的湖水发出光彩

像古装戏的水袖来回甩动

任袖口垂下来，遮住手背

水波般从手臂流淌及地

如雪的肌肤透出纱衣

长裙轻裹纤柔的身躯

三千发丝散落在肩膀上

五彩鸟停留在你的发髻

文成公主来嫁松赞干布

身着丝路汉锦，文鸟兽纹

褶襞向下飘动的长裙外面

雪白的坎肩紫色流苏

除了馈赠，那些书籍

它们为你的芳名增色

大方之家，给你超凡的气度

亦步亦趋，万千宾客相从

现在有着赞普的宠爱

自由的心灵让你更显高贵

今后你与英雄的夫君为伴

衣着锦华，不失高洁品格

在色拉寺烹茶听雨

在色拉寺烹茶听雨
任思绪向着寺外飘散
用甜蜜的亲吻祝福我们吧！
每一次相见都是团聚

沙砾荒山，少有树木
辩经场，曾是野玫瑰的花园
拍掌、跺脚、左手向下压去
就能消除业障和邪见吗？

破除三界的烦恼
缘聚则生，缘散则灭
只有四种回答
是是是非是，一定不一定

我爱你，因为你拥有

很多我追求的

爱也是修行，有令人赞叹的传承

却愈来愈稀少难得

对正见人心的渴望

又怎能扯断真心实意的纽带

我真的很想要高高的法座

但必须将它跟爱做个取舍

格西，这个最高的学位

此生我终难获得

爱上就不是正见吗?

我无法远离的执着

有菩萨一样慈悲的目光

有菩萨一样慈悲的目光

羊卓雍错，我天边的思念

看着你的眼睛

我的眼睛就会明亮

随身带上它吧，爱人

这是我送给你的日月宝镜

你就是你的等身金像

在拥挤的人群中奉旨隐藏

金色的微风，吹过一千三百年

银白的云朵，飘过一千三百年

美丽动人的故事

流传了一千三百年

趟过那条大河我能看见

翻过那座高山我能看见

没有远方，没有天堂

你是我心中最熟悉的诗篇

一千匹马来迎接你

一千头牦牛迎接你

送给你高原上所有的鲜花

教会你高原上芬芳的语言

如同月光抚慰人心

珍宝撒到夜空就是满天星辰

把豌豆种在心里

爱和幸福就会慢慢生长

你是吉祥圣母的灵器

卡若拉冰川你是

吉祥圣母的灵器

为我请来药师琉璃光如来

我要在他面前为你请愿：

没有疼痛的世界

真健康！真幸福！真高兴！

大鹏金翅鸟降临人间

扮作忿怒相给恶龙看

从黑暗的天穹俯瞰

一颗发光的天体在奋力旋转

像陷入疯狂的爱情中

整个理智系统已不复存在

香巴拉，状如八瓣莲花

阿嘎土混合着南红和绿松石

庄稼总是在等着收割

甜蜜的果子总是挂在枝头

雪山之神，有无数精灵

我偶尔头顶闪光，做一下它的化身

道歌和劝言直指人心

熟睡的蜜蜂在花朵上呓语：

贫者远离忧伤

生者远离饥荒

老者远离衰亡

逝者从容安详

肤色如雪山洁白

肤色如雪山洁白

面目如阳光祥和

双足各生一眼

谁能瞒得过你的秘密？

你是白度母的化身

落在天鹅湾北侧

珠峰脚下远离了尘埃

一百只白鸟来此相聚

珠穆朗玛峰顶闪亮的

是白度母的第几颗眼泪？

夏天的夜空，繁星密布

天鹅座并不难寻找

撩开夏夜的轻纱

银河之中显现你的容光

你伸出长长的脖子

展开优美雪白的双翼

越是善良的人越多烦恼

犹如成千上万的群星汇聚

你的身体放出灿烂的荣威

从银色的光芒中降下甘露

诸佛的法力无边无际

用女人之身也可修成正果

若是能被菩萨救度

就是你的善缘成熟

你是我心中的一座白塔

你是我心中的一座白塔

明亮的宫殿像雪山一样晶莹

我的转经路围绕着你

遍地纸币，无人捡拾

人生就是千年一遇

只因途中遇见你

就想跟你留在西藏

生下一群五颜六色的孩子

我爱你，并且我也愿意

给你你想要的，每时每刻

我都倍加珍爱，这样的理解

有助于滋养我们的关系

哦妈妈，你会同意吗？

我们的忘年八万四千岁！

什么都瞒不过你妈妈

你有白度母的七只眼睛

我们有小爱，也有大爱

先许小愿，后许大愿

我们就，先爱上这一生吧！

佛说自作自受，他不管

这个字，可以是迷恋

爱上，也许可以迷恋

绽放的花朵再也收不回去

是梦就不要让它醒

白云和雪山甜蜜亲吻

白云和雪山甜蜜亲吻

分不清哪里是雪山，哪里是白云

雪山融化在白云里

白云凝结在山顶上

永久地拥抱着的姿态

亲吻着对方不松口

这翻卷的八万四千册经卷

哪里还有八万四千个烦恼?

僧舍挂着吉祥帘子

白银塔安放法王的遗骨

坛城上撒满青稞

没有能量不需要加持

你是我未来岁月里

遇到的最亲爱的人

既然是人生，就不要回避

充满幸福，与痛苦相等

你不要成为自己的妻子

女人只属于爱她的那一个

我们可以携手走向

野百合花盛开的原野

走向茂密的树林

和文殊菩萨幻化的城堡

你腹中诞下精灵之女

我给她取名桑吉拉姆

我听见你急促的呼吸

我听见你急促的呼吸

这是大河中最高的心声

你的身体丰神绰约

被群山用双臂相拥

这蓝色的炉中之火

终于冶炼出天地间的纯净之物

我愿意接受这幸福

也会思索这欢乐的重负

不能不说这爱的魔术

让你眼花缭乱，浑身颤抖

除非天地混乱无序

我永不会忘记初衷

在吾儿神圣的母腹中

已经听得见我们孩子的啼哭

不同于感光授子

他需要用爱的纽带维系

弯曲的河岸在思想中爬行

河水的谈吐滔滔不绝

我听出最纯洁最清澈的语言

让我毫不费力理解这一切

我找到一种更加快乐的生活

如何爱你才能让我心满意足

因你我才留恋此生

幸福地勾勒人世的边界

假如你有某种爱上的感受

假如你有某种爱上的感受

当你听到《远离四种执着》

我会尽可能多地摘录那些精要的口诀

并没有像它原本应该的那样使我警醒

缘起性空的法则告诉我

一切事物皆是因缘和合

缘聚则生，缘散则灭

没有常住不变的自性

假如我爱上这一生

假如我爱上这个轮回

假如我爱上我自己

假如我爱上你

就是禅定再深

也证不到这个觉悟

假如理解是错的

面壁十年也是枉然

并非我贪爱与执着

山川草木，都相依为命

并非因为我爱上

菩萨就要抛弃我

我只能把爱当作修行

你的爱，才是我想获得的正见

从此你是我的石壁

但我并不以戒为师

我早早来到心中的庙宇

我早早来到心中的庙宇
带上从云层里取来的光芒
虔诚的信徒手捧酥油
把它添进长明的灯盏

你垂着眼帘面露微笑
一手扶膝，一手抬起
你手持燃灯为我授记
我肩头颈上各有光明

你怎会蔑视人类的爱情？
又怎会故意伤害我的心？
爱情或许是一场灾难
这古老的灾难是人都难躲避

你是我终生的荣誉

你是苍天定下的神圣条律

你的存在永恒不变

但不限于今天和昨日

只要苍天相信

就会给我特权

一旦触碰到爱情的金光

佛亦难保我天生的理智

眉宇间何时愁云凝聚？

灵魂之爱让它化作雨水

假如你的微笑变成嘲弄

只能说你比我更聪明

强巴佛，你站在未来

强巴佛，你站在未来
我和她之间一切可以言说
或不可言说的秘密
你都明察

我不暴露我的痛苦
也是免得暴露你的
因为你是佛吗？
你享有不说话的特权？

我不愿自己苦恼
也不愿让你苦恼
我们的发言权应该平等
我也享有这样的权利

我遵照你的神示

也难免会把事情做错

你坐在金色的宝座上

请快显现吧！

抛弃了爱情

就等于抛弃了我最珍惜的生命

求生的痛苦呻吟

怎么跟欢爱的歌声一样？

真情就是力量

我遵守自己宣布的命令

我再说一遍，你就明白了

真情 就是 力量！

我到林芝去拥抱你

我到林芝去拥抱你

尼洋河的优雅涓流

我用雅鲁藏布江黄色的手臂

搂着你清澈透明的身体

从此你就在我的怀里

随着我的心意奔驰

河水没有了缰辔的限制

成群的牦牛架在轭下向前奔涌

我要在滔滔的河流旁边杀牛祭神

献上诗歌最纯净的语言

我要劝说无情的波浪

伸出柔弱的手，解开我的绳索

喝了甜蜜的河水

就能缔结美好的姻缘

记住我说过的话

就能知道漂泊的终点

如果爱情受了伤害

江水就会变成烈焰

未等骨肉化成灰烬

凶猛的火舌早已吞没宽阔的田野

两条河流在林芝汇合

我不知道它们今后的命运

记述你漂泊的最后一程

把盲目的希望放在心里

哪样痛苦不是我们应得的？

哪样痛苦不是我们应得的？

哪一天的阳光比今天更可爱？

爱情给箭镞都喂上毒

让中箭的人加倍痛苦

如果我能知道未来的痛苦

不就是佛给我的恩惠吗？

鸟儿总是提前歌唱未来

它们都朝幸福的那边飞去

谁还能把它收回！

我思念着思念我的人

我听到我的心血顺着琴弦

提前流到土地上

先知们嘴里念念有词

总能念出不详的预言

人为什么还要选择相信呢?

一半的把握本来就在自己手中

精灵愿意跟快乐的人做伴

无心援助一个哭哭啼啼的人

爱得太深就像病痛

除了自己他人无法体验

白天太阳照耀我们

夜晚月光照耀我们

这漫长的漂泊要把我带到哪里去?

我们的家在命运的终点

你可爱的眼睛望着我

你可爱的眼睛望着我

立刻让我产生甜蜜的念头

空气中充满蓝色畅想

一根火柴就能点燃

本来上天给每个男人

配一个女人，机会均等

偏偏有的人，财富超过了限度

有的人得不到平均的一份

虽然男女数目相等

漂亮的女人过于稀少

氧气是公共的，不用争抢

到了高原就不够用

女人得到美好的婚姻

就觉得万事已足

一旦遇到不幸的变故

过去的赞美都不作数

至善至美的事情

都变得十分可恨

好像这个男人是一个奸细

在她身边长期潜伏

人的身心就是一团欲火

满足时无聊，得不到又痛苦

我必须在这中间调和

为了得到一份额外的财富

阳光在云朵间躲闪

阳光在云朵间躲闪

偶尔从缝隙中射出一箭

闪电为了追逐你

在天空崩断了跟腱

星星下起了雨

夜游神打着伞

今夜吉祥万德之所集

你在我心中永恒不变

这古老神秘的心印

不立文字，不依言语

朝生暮死的人类

从此有了熊熊火焰

这是我的转经路

日日绕着卍字转动

你是我的冈仁波齐

蓝色晶莹的雪山

我编造一个假名

是为了更好地抒发心中思念

山南的风，秘而不宣

适合负载爱情的语言

你坐在银色的宝座上

显露至纯至美的容颜

晨光与山峦正在缔结婚姻

金黄的头发被河水浸染

这，浩瀚之海的底部！

这，浩瀚之海的底部！

波涛在我的四周荡漾

如今巨大的石柱，水落石出

显示曾经宏伟的宫殿

这宝座般可爱的山峰

这锁链般古老的疆界

火光铸成宝剑

把高原劈成峭壁与峡谷

如今到处是银色杯盏

每一座山峰都溢出琼浆玉液

金色的光芒闪耀欢乐之杯

永不枯竭的乐管流淌清泉

这，浩瀚之海的底部!

我爱你已经很久很久

经过漫长的地质年代

经过多少无望的日子

终于把痛苦变得神圣

鹰的翅膀划出优美的弧线

不急不慢寻找中意的猎物

人的眼睛不能只追求幸运

而不追求善良和美德

我要把船系在你的腿上

你用脚趾紧紧抓住海底

风雨侵蚀不了碧波

时间又能把爱情怎样?

你真的要送我去做僧人吗？

你真的要送我去做僧人吗？

亲爱的阿妈拉！

我知道你爱我如此之深

你要免除我今生的痛苦

寺院里的诵经声

魔力一般吸引我

玫瑰色的金光

照在我和群山之间

可是你如何才能

解除我爱的烦恼？

你已宁静的心

如何让我的心也宁静？

佛祖他本身的故事

看上去也不那么神圣

青春岁月，也是爱意绵绵

并不知道要为理想献身

让我爱一次吧，阿妈拉！

等我参透这幻化的轮回

我只能期待我的爱人

给我的打击足够大

否则我如何才能

像情人一样，投入你的怀抱？

我火热的胸膛中

炙热的爱情何时才能平息？

公主在峰顶翘首西望

公主站在峰顶翘首西望

她的家乡已经山遥路远

不禁取出日月宝镜观看

顿时出现迷人的长安

她故意把宝镜摔成两半

将此地命名日月山

一半朝西，映着落日的余晖

一半朝东，照着初生的明月

夜晚照照金黄的镜子

此物自古以来颇受女人喜欢

她并不觉得有什么不幸

心中反而充满了企盼

早知道这藏地的英豪

倾心于一位汉族女子归顺

她会心甘情愿地接受这幸福

爱他也会像爱大地母亲

远嫁的路途一点不显劳顿

一路游戏一路通关

她让勇士在城下苦苦等候

然后陪他欢度余生

金光闪耀的屋顶下面

安放着绿度母的宝座

菩萨的慈悲抚育万物生长

她带来的种子也随遇而安

为什么我不像从前那样激动?

听到你的声音

为什么我不像从前那样激动?

避开更多日常的温情抚摸

以防升级到一个危险陷阱

爱，亲密感，性

无话不说的三姐妹

你们仨谁是大姐?

谁让谁优先在前?

饥渴的皮肤嘶嘶作响

是雨水在滋润久旱的大地吗?

触摸当然是一种撩拨的利器

使我们感到快乐有时也痛苦

皮肤也是五官之一

既是保护层，又是传感器

看到落日也会流泪

听到鸟鸣也会发出叹息

一边抵抗外面的压力

一边传递沟通的信息

无声的赞美胜过语言

可以躲过奉承和恭维

越是寒冷，冰川越是坚硬

它对阳光充满了敌意

涓涓细流含情脉脉

正在经历一段甜蜜的旅程

亲爱的，如果你不爱我

亲爱的，如果你不爱我

我就长成另一个样子

妒忌，焦虑，说重复的话

你庆幸没有跟随的那个人

絮絮不休像是生病

说出的话自己也生厌

在我们中间，虚立一棵菩提

夜睹明星，可见真如本性

虽是鲁莽之举

爱也需要爱来诠释

如果理所当然，不思感恩

也会招来怨恨

能不能把它们分开

性和爱，托管给不同的人

如果理智把门槛设得太高

就挡住了世间一切凡俗

真的要嫁人吗，桑吉拉姆？

你期望的，于我，确有难处

你告诉我，你出嫁的那一天

就是我修行到家的日子

你腹中诞下的神灵之童

是我的感光生子

其父为何寡言，他已在心中

终止了爱情的妊娠

你是想跟我分离吗？

你是想跟我分离吗？

你想让我们从此不再相见？

你的灵魂已经出嫁

你以为你能阻止这一切？

我们在极乐世界相逢

喝了那一口忘年水

终于想起了我们的前世今生

可爱的希望，它慈悲为怀

君生我未生

君生我已老

何为自由？可否再具体？

崇高的幸福让人沉湎

神的目光一扫

人生就是一瞬

快乐的时光可以反复回放

爱情迫使我们一一就范

这剧情已经无数次上演

前面只有我，你还没有出现

你若是着急，就摁下快进键

永不相见是最好的结局

你的惆怅也是我的

预感甜蜜也悲伤

我们都是尘世哲人，凡经我手

都是痛苦的欢乐之作！

我需要一个为我流泪的人

我需要一个为我流泪的人
我要那泪水是蓝色的
像羊卓雍错碧蓝的湖水那样
那泪水含在雪山已千年

诗千行，泪也千行
夏日的融水让她不干枯
那雪峰是美丽的拉轨岗日
晚霞为她戴上玫瑰花冠

默默教导我，目光要远大
使我暗暗激动，耐心不减
机缘巧合，都是善良的媒人
美女英雄，才是得意佳作

如果我和她们断了往来

所有的梦都乏善可陈

星星不再投来祝福的目光

连怒气也不在胸中升腾

我的挚爱，我的致命伤！

神仙的草药敷不住心中的伤口

就像阳光不照耀死者

爱情和快乐缘分也不深

大千世界，你可能还有很多

尚待发现的神奇魔力

但有一样，于你就已足够

痴情让无数勇士葬送前程

你在我未来的想象中

你在我未来的想象中

一半是神，一半是人

无声无息、不知不觉的虚度

无穷无尽、旷日经年的悲哀

你还没有登上母腹的宝座

现在还不需要为金童玉女操心

佛说让我先来

抓紧创业，积德行善

积攒下财富，神圣之夜

等待幸福的光临

我从遥远的年代把你迎娶

宾客随从跟我踏出国门

坐一小乘，再坐一大乘

经过菩提树，经过明镜台

一路上风言风语

有时也需要另辟蹊径

我找我的桃花位

你坐你的未来床

没有前世注定的姻缘

哪有今天的情真意切？

爱我要趁早啊！

爱情一边升华一边凝固

我以为你会朝我飞奔而来

可惜这情景没有出现

从列城，从拉达克高原

从列城，从拉达克高原
沿着 219、318 国道
穿越汉藏宏大的语境
手捧经典，与仓央嘉措同行

巨大的山结那是古往今来
天下有情人失恋的情结
众诗人的火炬，引领者
神圣地走在殉情人的前面

奇异的行迹在民间流传
两驾马车任你换乘
让我也摸一摸这亲切的灵魂
转世灵童，手持燃灯

我仍能窥见你的流风遗韵

寄寓着人类的无限怅惘

我听他们对你褒贬不一

殊不知爱情才是可贵的心智

当人类失去了家园

游历在边缘化的境地

更需要经典，上溯文明的源头

找到精神的实质

把诗歌当作辩经的工具

也是治人心病的藏医药

你让所有的爱情都成熟

包括习俗、语言和心灵

拉萨河，极度纯洁

拉萨河，极度纯洁

跟我的血液汇合

从此我的身体里有了两条河

一条清澈见底，一条红浪滔天

远处显露的山头

便是我的心头

我从未见你裸露

像一尊神像威而不怒

各种意义都在我心中汇集

母亲，女儿，还是情人

各种爱都跟我抱怨

像乌云黑压压一片

桑吉拉姆，你有不同化身

在蒙古高原，你叫萨仁图雅

到了伊犁河谷，或是刀郎部落

你又会叫别的名字

我都能把你认出

我也变身为一条狗

为的是跟在你的身边

一起来拉萨偷换人生

没有佛不为爱动容

当你把爱放在她的面前

她低着头笑而不语

最终都会收纳于心

我的大自然的姐妹

我的大自然的姐妹

我跟你日久生情

在碧空下，我们有千般喜悦

因有爱意触发了灵感

仪态万方的原野

你迷住我，像幼儿迷恋母亲

当我忐忑地去触摸她的身体

像有电流通过我的全身

男儿第一次的罪恶感

都是对母亲的亵渎

她紧紧地怀抱我，喂我以琼浆

让我的不安得以掩饰

所有的罪孽都归我

所有的爱与不爱都归我

爱也有种种化身

当我在黑暗中需要指引

桑吉拉姆，我幼时的母亲

你已变身为我的情人

你的舌头像一团火

在我的嘴里燃烧

如今我们不由自主

对高贵的爱情无比虔诚

义无反顾，把透润的香体

供奉在佛宝面前

爱情最好的模样就是遇见

爱情最好的模样就是
遇见，一次外遇也好
花苞里的芽朵虽不相识
春风里有一条秘密小路

趁着宽广的心田还未枯萎
眼中还能流出感动的泪水
秋天的景色还能慰我心灵
欢乐的单宁还能让我陶醉

怀才不遇的作者
署名在京城偏僻的角落
而我现在还沉浸在
和你在一起的甜蜜当中

哪怕这都是想象

我们又在八廓街不期而遇

藏袍里藏着妩媚的身躯

强烈的渴慕情不自禁

哪怕这是真实的

你在燕国的南大门打车

我在历史纪年表里

与你共享实时位置

娓娓而叙的最后一页

是说有情人终成眷属

你我二人，骨架并肩而立

特殊的重逢，浪漫至死

松赞干布，一边征战，一边等待

松赞干布，一边征战

一边等待从大唐帝国迎娶的女子

那女子在远嫁的路上

收不住一颗贪玩的心

不慌不忙，走走停停

走过的地方都成了名胜

赞普也没有催逼

他身边还有别的女人

遥望长安最后一次迎风流泪

摔碎了日月宝镜依然前行

大唐诗中没有留下诗意的送别

唐蕃古道上流传着芳菲足音

等到赞普统一了吐蕃

为她建造一座宏伟的宫殿

玛布日山上的布达拉宫

是圣洁和庄严的化身

大唐公主这才姗姗来迟

衣着华美高贵，赞普一见倾心

那一刻没有王权，没有政治

芳香的火焰散发财宝的气息

赞普登临欢庆的宝座

为文成公主加冕封后

一桩婚姻胜过十万雄兵

干戈狼烟化为春宵一夜

你有没有感觉到？

你有没有感觉到？
我们是在一个共同的家里
我看书，你看你的电影
相安无事，又心照不宣

我需要一把心灵的钥匙
让我可以自由进出你的门户
没有别的更高的馈赠
能让我的心头充满感激

我想用你的身体弹奏
小恩小惠，能否拨动你的心弦？
我无效地唱着一支过奖之歌
你稳健的前程并不需要鼓励

总之是期待感降低了许多

不会有激动人心的场面

我们还能等到下一个节日吗?

让幸福的泪水夺眶而出

我在深深的困惑中

升华你的纯洁形象

你是我前世认定的情人

你的世俗之心必会被我收取

夏夜的微风和你的信息

吹拂着我身体的每一处

我想象你熟睡的样子

我想象第一场雪落在山坡上

当我走在拉萨的街头

当我走在拉萨的街头

发现了我，仓央嘉措

流连在八廓街的酒吧小馆

夜宿于宫庭外女子之家

桑吉拉姆，我把你藏在

深巷里伪装的民宿

晚间我化装成一个贵族公子

趁着夜色来与你相会

先替 CD 店老板卖一会儿唱片

然后去一家夜店驻唱

说不定能碰见臧天朔云游到此

斯琴格日乐就在他的身边

让他们放开了唱吧

他们也很久没有相见

我们一边听歌，吃小龙虾

一边喝精酿的德国啤酒

转身望去，舞台上空空

唯有两只手在键盘上飞舞

有人看见，在那东山顶上

飘飘乎，羽化而登仙

星光流尽，东方既白

我就要潜回布达拉宫

一个人要隐藏多少秘密

才能巧妙地度过这一生？[①]

———————

[①] 此二句引用仓央嘉措诗句

如果没有相见

如果没有相见，哪有长久的相恋？

相见没有相知，也不会受此煎熬？

把你藏在心间，就不用偷偷摸摸相会

摘下头上的王冠，三书六礼把你迎娶

转过身来这一刻我在原地入定

走到我的面前我早已被你消融

进入你的身体接收你的信息

支离破碎之后形成一个整体

我赶着一千头牦牛徐徐前行

一手仓央嘉措，一手纳兰性德

穿过羌塘无人区，居于吐蕃的中心

接收了你的眼神，错过和你相遇

短暂的愉快时光重新再来一次

美妙深刻的记忆要照原样复制

希望才是最雄厚壮美的矿藏

越是渴慕越是能够引来丰富的水源

爱的痛苦因为太神圣

没有觉悟，谁乐意为它献身？

爱的欢趣因为太幼稚

没有童心，谁又能把它保持？

此时我发现人类的理想

爱情，慈悲，英雄主义

我的心情还不止于此

青春，光明，并已充满了神性

多年前就神秘的事情

多年前就神秘的事情

我带你到阿拉善，隐姓埋名

就像找到我自己

我用他的名义爱你

宽阔无边的大海

这才是你快乐的大地

酷暑像匹野马，血气方刚

被浩瀚的沙漠收留

夜晚，头顶的星光

默默读出你的作品

最正确的打开方式，是闭上眼睛聆听

这等完美，像是神灵赐予

今天我专访到此

在南寺，在苏木，在腾格里

因为我们相互怀念

因为我们爱着同一个女人

在牧人的指引下

我看到你的诸多化身

每一处绿荫下，可能都有你的身影

自由的燕子，穿过天空的隧道

我的诗兄，让我留下

我要敲响每一座山，发现语言的宝库

还有一些歌要唱，诸多女人要爱

在我路过你曾经的每一处

所有美好的记忆中

所有美好的记忆中

哪一个像爱情这样销魂？

除了这一生

我们没有别的时间

有人为它殉情枉法

有人为它客死他乡

面对沙漠刀锋的精神图腾

伟大友情让人荡气回肠

没有秘密的一生

我会为他们悲哀

人的大脑是一个记忆装置

虽说跟神灵还有差距

也足以珍藏那些欢乐

那些必须记住的痛苦

通古淖尔，你在沙漠深处隐藏

你是世间所有情人的秘密

达赖诗兄，你不用化名

谁都知道你的诗魂在此

你被反复诵读，越发纯熟

爱情使得人才辈出

凡欠你的，用永恒作为补偿

我们这里缺的，上帝那里都有

灿烂的星空打开美感的大门

隐隐雷声如迫近的脚步

戈壁滩上葡萄酒的庄园

戈壁滩上葡萄酒的庄园

有弦乐的伴奏和火热的锅庄

当我听不到外面的声音

我的耳朵就会变得黑暗

美酒金杯须有诗人品尝

兴之所至，他会讲出爱的经历

熊熊篝火照亮前世今生

你我还有什么可以隐瞒？

如果我暴露了短处

那就是爱上了你

万点星光照耀亚洲的山头

山南是夜，山北是我的哀伤

我不怕告诉你我的计谋

那是小把戏，一眼就能看出

所有伎俩都是对你的赞美

像丝巾一样她们从不嫌多

不是每个人都有初恋

比如我，就不能确定

哪一个才是我最初的所爱

每一次都有初恋的感觉

这夜空的醒酒器

摇曳明月的清辉

虽然单宁口感苦涩像是失恋

处理得当也会变得美味

渐次进入你的体内

渐次进入你的体内

我的身体在酶的作用下融化

通过一根透明的软管

彼此加持不可思议的能量

你是我的得意金刚

使我进入一个更高的生命

当我接受一片新大地

改变原来生存的模样

一边停止胡思乱想

一边寻找生活的意义

迷之自信，盲目的崇拜

什么力量比耐心更强大？

我们所行并非淫秽之事

天地之间有大美而不言

原始的媾和，惊异于朝日的辉煌

不能停止的喘息如大海的波涛

我也修得无数化身

像鱼苗在春天齐奔大海

除了你谁还能改变我？

我本该幸福快乐

可我偏偏爱上了你

当我在你的墙头停车筑爱巢

当我在六月的暗夜望星空

当我把所有的琴弦都拨响

高原如漂亮女子的胴体

高原如漂亮女子的胴体

波浪流转在她的周身

纳木错，你在高原的床上安睡

冷了，用白云搭一下肚皮

我用苍天怀抱你

柔弱清凉的身体

我是你四周英俊的山峰

是盛满欲望的欢乐之杯

没有一块岩石的年龄

不是五万万年

它们不再年轻，又何曾衰老？

嫌弃它只能说明无知

永恒的风，来自亘古的梵音

天边垂挂着绚丽的唐卡

波浪里荡漾着你的倩影

你是清净莲花化现而成

你的心在我的山谷中醒来

听到祝福的语言都镶上了金边

你的梳妆用时长久

我永远站在你的身后观看：

胸阔腰细，秀发垂肩

五彩绫罗，头戴宝冠

左腿盘坐，手持三宝

通体透明，清香飘散

在文成公主露天剧场

在文成公主露天剧场

升起一轮蓝色的月亮

淡蓝的清辉，像神的眼瞳

俯视象雄的未来

挂在天空的一滴眼泪

曾经丢失的悲悯情怀

而我被世俗打磨过的眼神

不敢与你对视，只有仰望

宫殿屋顶和嵯峨的石崖

占据我心中神的位置

只有在我心中的孤独时刻

站在红山顶上才能读懂

那是神的指向

递给我玫瑰般的火把

当我爱上你，所有一切

都在阳光下灿烂生辉

高原的四月，桃花开放

粉红的花朵，随着春风摇曳

长满灵魂的菩提树

开放了另一套情感系统

闪闪烁烁的酥油灯

像斑斑点点的翅膀

隐秘的爱，形而上的迷雾

把我吹进时间深处

别不把诗人放在眼里

别不把诗人放在眼里

他不仅是歌手，流连在洪荒之地的上空

亦是神的巡视者

在我们的上方漫游已久

我在拉萨河上送别你

你以为分离是明智的选择吗？

你以为喝了忘川之水

就能把爱恨都忘掉？

你忽视了这一点

我们心中已有神的主宰

一个错误不能挽回另一个错误

回忆所及都是难忘之事

就像一段乐曲

最好是用另一段乐曲诠释

爱是一个复数

爱乘以爱，是爱的平方

桑吉拉姆，你的梦幻之手

被我握出了温度

芬芳的溪流，不是我们惜别之处

于你我，皆是极乐世界的陌路

即使我愿意离去

也带不走我的西藏诗篇

拉萨河，我的羁縻之地

忘情人，我的绿度母

万千宠爱的红霞

万千宠爱的红霞

从瑞吉酒店大堂

一直铺洒到梦幻般的布达拉宫

太阳在东边升起落下

它压根就没去过西边

巨大的手掌静静放在红山之上

接近于天穹星座的建筑

这蓝色深空投射的幻影！

孤独是可以用来享受的

它是内心的精神指向

夜晚的灯光穿透佛祖的指骨

我看到了神的手势和位置

抬头仰望夜幕上空

大熊星座恰好位于朝南方向

今夜我驾一艘小乘之舟

迎着东方的滚滚红尘

那是一片前世点亮的灯盏

我猜测他站在哪个窗口下

他寻找他的达娃卓玛

我寻找我的桑吉拉姆

谁的安排，谁的指使？

让我漫游进你的灵魂

爱情来自多罗菩萨的恩赐

她让我快乐我才有快乐！

在瑞吉酒店阳台上

在瑞吉酒店阳台上

架起目光，慢镜头遨游大地

红山顶上的鸟群

荡漾着神秘的波纹

一片奢侈的蓝天

那么蓝，蓝得像潜艇一样静默

无法言说的言说

那么蓝，蓝得让狗狂吠

圣手握着雪山银器

倒出的泉水清冽微甜

生命的源头，也是爱情的源头

生性忠贞，心地纯净

把心灵，放在此刻

像莲花在水面上浅睡

听见羚羊从身边迁徙

它们已经习惯高原列车经过

一定有许多岛屿

近的是日月，远的是星辰

哪一座是永久的家？

哪一座是租用的云？

为什么一旦有了心仪

注定就要跟孤独寂寞相伴？

闪亮的街道像一条条伤口

用哈达包扎最合适不过

爱情比人类更古老

爱情比人类更古老

只是之前不叫这个名称

如果丧失了这高尚的本能

人生就到了下降的拐点

机遇是个玄学问题

得到你不仅仅需要运气

滴水穿石并非因为水

让它就范是时间的锐利

时间于我非常宝贵

时代的脉搏就在我的对面跳动

我知道你已有高尚的灵魂

不然身体的芳香从何而来?

好的品质是有始有终

没有意义的事我也把它做完

登上甲板就要任凭波浪摇晃

踏上路途任凭道路漫漫

菩萨教导我性空缘起

有了花瓶鲜花自己会来

浮光掠影不乏美好的记忆

一见钟情也是爱情真谛

你在东方遥远的唐朝

我的大臣已经从心中启程

噶尔东赞，不要用威胁的言辞

你会被扣为人质不得归来

夜晚亲切无比

夜晚亲切无比，谁不喜欢？

神灵们乔装打扮，重游大地

他们也喜欢夜店，隐身在后排

给歌手伴唱，或在街边小店

撸串，喝着啤酒

见到漂亮女孩也盯住不放

如果不睡，就应该陶醉

让神灵来给我们助兴

极乐世界拉萨，每一个

藏民之家，都是一间心理诊所

心灵需要定时透析

诗可以把情感过滤

你又翻墙而出

秘密的小路隐藏着心迹

日思夜想的玛吉阿米

终于来到了你的面前

我也带上桑吉拉姆

约下今夜三更相会

无宾无主，两两相对而坐

隔着时空，隔着江水

我看到两位女子的身上

都闪耀着逆鳞之光

在灯红酒绿的八廓街上翻滚

在拉萨河的梵语中沉沦或飘升

带上我的所有聘礼

带上我的所有聘礼

只为赶赴你的一面之约

今生不能将你迎娶

为何不能在心中相许？

永远不要说我已老

不到最辉煌处，我不谢幕！

我们将会无限接近

直到在遥远的天空绚丽交汇

不期而遇的惊喜

突如其来的离去

爱情看破了不过是聚散

既然如此，为何还要转世？

此生最怕用错了时间
明知如此，我也义无反顾
人类创立的极限运动
获胜者都把自己逼到绝处

无论我去到哪里
都是我此生的使命
遇见了你，桑吉拉姆
是前世注定的遇见

马车很慢，书信很远
除了祝愿，别无话语
纵有再多执念，也无法挽回
爱情的世界太魔幻，太酷！

我不希望我的诗篇

我不希望我的诗篇

随我入土，被我埋没

诗与我，如同孪生

最适合作为供品，敬献诸神

请用我的诗集码书堆

为我搭建一座高高的天葬台

太阳徐徐升起，照亮冥国

天绳垂降，天葬仪式开始

年轻英俊的多不丹

迈着沉稳的脚步向我走来

为我诵经，点燃桑烟

干净利落地把我拆解

我能感到他手法娴熟

在我身上轻拢慢捻

肉骨剥离，骨头用石头捣碎

拌以糌粑，按骨肉排序

哨声起，鹫鹰应声飞至

争相啄食，让我舒适无比

我本吉祥，没有罪孽

不想升天，也不想超度

我突然感到剧烈疼痛

哪只鹫鹰啄到了我的心头？

只有那块肉还没有死去

它还饱含对你的思念！

梵语和诗如此接近

梵语和诗如此接近

是否都属于汉藏语系？

但已不是日常生活的交流语言

它是使用人数最多的语言

它是诗人的语言

它是孩子的语言

唵、嘛、呢、叭、咪、吽

啊、喔、哦、伊、呜、吁

无尽的加持与慈悲

智慧和能力的音声显现

奥妙无穷，变化莫测

内藏阿弥陀佛的微妙本心

没有生命不存在渴望

你的出现，让我充满惊奇

啊喔哦伊呜吁——

我的真言语无伦次

佛说出了我想说的

他早已猜透了我的心思

佛在上方，我在低处

他的微笑给我鼓励

衷心地说声：我爱你！

我已无法表达我的欢喜

愿你此刻听到我的心声

——唵嘛呢叭咪吽

97

从未认识的这片国土

从未认识的这片国土

如今盛开在我的面前

千山万岭沿着边境行走

太阳轮毂在大地滚动

我的爱人被隔绝在山南

隐秘在似曾相识的一处

请给我双翼，我要无畏地

飞过群峰，把她接走

她在家照顾我的母亲

我的母亲是念青唐古拉山的神灵

凡有危险，遇事难以把握

我走进她，聆听她的教诲

桑吉拉姆，你神秘无比

你居住的地方有我渴望的小溪

牦牛扎根于快乐的土地

凌厉的鹰盘旋在岁月之巅

我纵有光芒直射的权杖

也不能主宰你的命运

夏日雷声阵阵，诠释着闪电

而我无法用语言表达爱情

你已全无凡俗迹象

集美智于一身，以至于

让我宣告最后的爱

信誓旦旦，与死何异？

冈仁波齐，高原上的转经轮

冈仁波齐，高原上的转经轮

是它在转，还是人在转？

是山在转，还是水在转？

时间在转，还是生命在转？

巨型的降落伞，飘落在冈仁波齐

三百六十位神灵，构成小世界的中心

洁净安全的托儿所

托管每个人心中的神灵

不可征服的玛旁雍措

四条大河由此发源

你饮此水像孔雀般美丽

我饮此水勇似雄狮

去寻找一个名为沙姆巴拉的神秘地方

那里隐藏着地球轴心

顽固者坚信，时光可以倒流

只要把世界轴心转到相反方向

谁接触过它

谁就成为时间的主人

谁将拥有神奇的力量

还将拥有蓝天和湖水

还将拥有你

桑吉拉姆，纵然你是众神中

最小的一个，我也向你膜拜

然后看着你朝我飞奔而来

我就是那条被囚的大河

我就是那条被囚的大河

在雅鲁藏布大峡谷里翻滚

把我关进群山的牢笼

还要说这是你宠爱的！

你这是爱我吗？

还是爱我心中撞击的痛苦？

你知道这大河的源头

是在那心志高远之处

它的动机一尘不染

一路把冰冷的河岸弹奏

河水在胸膛鸣响

山岳在脉搏上振动

它是在呼谁之名
谁让我文思泉涌？
谈吐不凡，滔滔不绝
如同酒神豪兴勃发

可是它没有安身之处
你的怀抱也不愿把它容留
要知道它是爱的信使
骑着波涛，闪现在云端

如果你没有听到强者之音
我就以爱的名义向你授训
不管你乐意与否
告诉你，爱是我的命令

像佛一样在高高的地方

像佛一样在高高的地方

看着他们火焰般的舞蹈

床笫之间，繁花深处

我总能看到我的灵魂抽身而出

她没有责怪我的意思

佛的本生也跟我们一样

可爱的妃子不止一个

秘密情人同样不可宣告

阿弥陀佛，为有情人

建造了无与伦比的极乐世界

她的愿力让我归命

至诚，至信，至恭敬

去呀！去呀!

来啦！来啦!

就像天黑了我妈叫我回家

年龄大了她又催我完婚

念佛的当下，我即

得到阿弥陀佛光明的保护

她能消除失恋的烦恼

她的能量超乎我的想象

做爱之后要相互道谢

深情地叫一声：阿弥陀佛!

Thank you very much!

ありがとうございます

我沉默，说不上话来

我沉默，说不上话来

不知道如何呼唤你神圣的名字

从天空降落到我的床上

为何做爱之后你就消失

我的心事在胸中升腾

每一次分离都阔别百年

何时天空打开好客之门

我把门铃设置成天鹅的叫声

踏过这道门就是拉萨

远处的风光更是迷人

我在空中迈着大步

早已看到你，站在神山的垭口

千年前的婚礼场面复现

背景是晶莹的雪山

夜色降临，盛典已礼成

布达拉宫燃灯，通体透明

此时你像迷人的风光

依偎在群山环抱之中

我横卧树下，用一根吸管

啜饮你的玉液琼浆

每一处都被我热烈亲吻

相爱的一切依然忠贞

你佩戴上我的爱恋和信赖

仰望着天空，与我整夜促膝谈心

每天我都在整理行囊

每天我都在整理行囊

追随你归命爱的旅途

今日我寄托飞机的速度和愿力

又来到这一尘不染的圣地

我感觉在跟亲人重逢

他们都像春光一样长势喜人

小小的欢乐正在鼓胀每条血管

但这不是高原反应

这肯定是爱的反应

有人直呼我名邹进

我似闻到她身上的香气

已有神灵在向我靠近

让欢乐洋溢每个时辰

让忧愁像提拉米苏一样可亲

明天我就要启程

众神灵跟我结伴而行

去漫游高原的湖泊

去看望美丽的河谷

晚上跟星星一起溜达

白天像云朵一样散步

原来你跑回自己的家园

我一路打听你的芳名

当我在众神之中发现你的倩影

我的眼泪像湖水夺眶而出

我们早就不愿意

我们早就不愿意

呆在房间里谈情说爱

离开睡榻，离开办公桌

离开酒吧，离开歌厅

喝纳木错的水

吃狮泉河里的鱼，风餐露宿

离开花前月下

离开我对你的执念

他们把牛奶倾倒在天上

把所有的大湖和盘托出

照耀我们的不仅是太阳还有欢乐

果然不假，这里风情未改

爱情不走高速公路

漫长且无聊！像月亮绕着地球

若是探险，去寻找神圣的山口

再艰险，我也乐此不疲

我来是向你布达爱情

苍天愿意和我一起创造生命

我把你供成佛的样子

我点亮你面前所有的燃灯

就在这崇山峻岭中

享受天伦之乐吧！

蓝天和湖水，永远睡在一起

我和你，已然在另一个世界里

我的奶奶是过去佛

我的奶奶是过去佛

她的两个胁持

一个是大勇大势至

一个是大悲观世音

我的妈妈是现世佛

她也有两个胁持

一个是智慧的文殊

一个是行走的普贤

我的女儿是未来佛

她有两个助理

一个是日光普照

一个是月光普照

奶奶的名字叫燃灯

妈妈的名字叫释迦牟尼

女儿的名字叫弥勒

她还有一个名字叫康巴

康巴更像男孩的名字

但他的母亲又在哪里？

我知道她在山水间

因为我在这山水间

我知道她在白云间

因为我在这白云间

他是天地的幼子，已受神谕

是我的未来，最高的欢乐！

她从座位上离开

她从座位上离开

餐桌上的盘盏还未捡拾

我以为她还要回来

座位上还有她清晰的轮廓

她起身，我落座

停留的眼神非常短暂

我好像看到了你，这瞬间的

错觉，像是高原反应

偌大的早餐厅

她竟然坐在我的旁边

小小的眩晕围着我打转

所到之处都有你的化现

我想上前跟她搭讪

爱情让优秀的诗人语言匮乏

她的座位依然是空的

是奇迹，就不会经常发生

驾着波涛之舟楫

扬着白云之风帆

我幻想着你的真身出现

阔别多时，你容颜未改

跳下码头那一千层石阶

亲手为你佩戴上金刚结

明知我们将如意成就心中大愿

为何不自己编结为自己加冕？

我是拉孜最漂亮的女人

我是拉孜最漂亮的女人

我是拉孜最白净的女人

今晚我走在拉孜大街上

招来无数回头的目光

堆龙鲁突家的孩子

德吉曲珍在大街上认出了我

她呼来她的妈妈来看啊

哪里来的美貌阿佳？

阿佳（阿姨），古康桑（你好）

切让（你），名卡热（叫什么名字）？

她邀请我们去她的家里

妈妈说她会为我们跳舞

阿佳穿戴藏族的服饰

她带来拉萨城里的时尚

这里是德吉曲珍出生之地

拉萨是她遥远的梦想

我告诉她来自北京

她的眼睛睁得好大

北京？在拉萨的什么地方？

比拉萨还要远吗？

北京也是一个香巴拉

阿佳在北京的城里等你长大

拉孜广场可以看到天安门

香巴拉国民皆有红光之身

浪错，羊卓雍错，班公错

浪错，羊卓雍错，班公错

玛旁雍错，高原的湖一错再错

纳木错，我雪域的情人

你是否也一错再错？

第一次走进裸体画室

眼前是众多女人的胴体

看不到她们的骨骼肌肉

女性身材完美标致

没有湖水荡漾的山谷

等待雪山九月的融水

深蓝布料上缝制五彩的云朵

映出她们婀娜的身姿

银色的山峰在远处闪耀

主宰者在高高的宝座上端坐

他将一个个美丽的公主

指配给英俊的高山峻岭

如果她们得不到尊重

他将行使召回的权力

像闪电一样收回昊天成命

让大地重新枯燥干涸

桑吉拉姆，你也不要

一错再错，我的胸膛足以将你包容

在湖畔沙滩，俯瞰水中天空

我似坐在床边等你苏醒

从我此行启程

从我此行启程

藏布就一直与我随行

开始时声势浩大

慢慢就变成了涓涓细流

江水越来越清冽

人心越来越纯净

雅鲁藏布，有一颗赤子之心

要去找他的母亲杰马央宗

我是一个如意情郎

要去找我的桑吉拉姆

有一个隐秘的呼唤

被高原的风吹在山山岭岭

沿着藏布的圣洁大道

车头一路向前磕着长头

远远看到了冈仁波齐

你想知晓的，他都可以明示

高原上没有九泉

没有阴魂需要驱散

人们都往生香巴拉世界

雪水都是苍天的恩赐

我已进入阿里秘境

我要探访它的上游

孔雀河，它是雅鲁藏布的乳名

我要探寻你我的前世今生！

抬头就是雪山

抬头就是雪山

低头就是你

冈仁波齐，抬头就是雪山

桑吉拉姆，低头就是你

我的心原来是你的模样

我的血管里，是你纯净的雪水

我爱的人，原来是你

我的心尖上，有你的宝座

冈仁波齐，你神圣！

不是什么人都能看到你

桑吉拉姆，你高洁！

不是什么时候都能见到你

第一次来，我把心留下

第二次来，我把心带走

冈仁波齐，我把我奉献给你

桑吉拉姆，你把你交还给我

爬到山顶，冈仁波齐

那一刻我感觉跟上帝并坐

走到山下，桑吉拉姆

这一夜我和你促膝谈心

冈仁波齐，转与不转？

我用脚步，找到世界的中心

桑吉拉姆，转啊！转啊！

我用心我用情，找到了你

玛旁雍错

玛旁雍错，我无可救药地爱上你

我是拉昂错，在你旁边，我在向你呼叫

洞洞两，我是洞洞幺

洞洞两，我是洞洞幺

为什么叫我鬼湖？

是因为我躁动不安吗？

变换羽毛的色泽

展示浪花的肌肉

夜晚她会探头露出水面

满天星光缀满蓝色的长裙

而我身着褐色的裙裾

以月光伴奏和你跳舞

一个像湖，一个像海

一个像你，一个像我

淡水湖，你是甜蜜的

咸水湖，我是苦涩的

远远地看，你像蓝宝石

高高地看，我像绿松石

相互交换定情戒指

翻过这座山我要去拥抱你

这座山既不高也不险

就像你我之间的距离

早在地下暗通款曲

前世他俩本就是夫妻

我在想我是做个佛还是…

我在想我是做个佛

还是做个赞普？

我在想，我是先做佛再做赞普？

这两个我都想要

我是赞普，命令你来嫁

在每一个房间跟你欢好

我是佛，祝你结良缘

在每一个洞窟为你祈祷

躺下我就是赞普

妻妾嫔妃压塌了我的床

站起来我是佛

四大金刚立在我两旁

我想来这里当一个赞普

我想到这里当一个县长

我要世袭六百年

把宝座放在高山上

我想在这里修成佛

返回雪山深处香巴拉国

我的灵魂不停转世

直到投胎做你的情人

我要兼赞普和法王于一身

我要演说大圆满经一万两千颂

我要我的佛法外施恩

桑吉拉姆，她惊为天人

你是高原的氧

你是高原的氧

悄无声息进入我身体

好一个神秘伴侣

不离不弃，若即若离

你藏在微风里

你藏在微信里

难受的时候打开它

我用眼睛呼吸

藏布大口大口喘息

向上攀登无比用力

高原打开雄壮的身体

也抵不过血氧过低

无数条秘密的小路

分布在我的血管里

你是蓝色的精灵

通往我们秘密幽会之地

上到高处的毕竟是少数

陪伴他的人自然也不多

他们自己做直播

享受孤独和寂寞

越往高处越是重要

越是珍贵越是稀少

你掌握我的氧气阀门

让我保留一息尚存

滔滔夏日的洪水

滔滔夏日的洪水
不要把牧场卷走
大提琴师雅鲁藏布
抱着岩石日夜演奏

国家大剧院的穹顶
缀满了来世的星辰
旋转的高原舞台上
行走着轮回的羊群

野驴，羚羊，牦牛
它们都是好客神灵
遍布的客栈，掌灯等待
奔波不息的河流

白云不看国境界碑

落下的雨水各有其主

桑桑草原和藏民的房屋

在波涛上起伏突兀

新藏公路，雅鲁藏布

发了情似的在高原上追逐

我梦见两条蛇正在交配

有缘千里不是来相会

隔着群山一道坝

挡着白云一条路

天上一座湖，地上一个错

我是一颗蓝色的水珠

闭上眼，满眼都是星星

闭上眼，满眼都是星星

睁开眼，满眼都是沙子

我数我眼里的星星

你数你心中的沙子

你坐在大海边

我坐在宇宙边

你听着大湖的浪涛

我捡起天上的贝壳

你在最东边

我在最西边

我从鸣响的沙丘上滑下

可以直接冲进大海

一颗流星划过天空

很快就进入了黑暗

爱情，与其说是一个执念

不如说是一个闪念

可是我，确实看到了

小时候看到的那颗流星

我的少年女友，她已成灰烬

在狮泉河，在暗夜公园

她在寒冷的风中飘浮

我打开相机最长的延时

她被班公错的湖水漂染

已经变成蓝色的精灵

图书在版编目（ＣＩＰ）数据

我早早来到心中的圣殿 ： 我的西藏诗篇 / 邹进著
. -- 拉萨 ： 西藏藏文古籍出版社， 2023.6
ISBN 978-7-5700-0841-4

Ⅰ. ①我… Ⅱ. ①邹… Ⅲ. ①诗集－中国－当代
Ⅳ. ① I227
中国国家版本馆 CIP 数据核字 (2023) 第 104309 号

我早早来到心中的圣殿（我的西藏诗篇）

作　　者	邹 进	
责任编辑	雄努洛桑　赵保利	
出　　版	西藏藏文古籍出版社　邮政编码：850000	
	打击盗版：0891-6930339	
印　　刷	河北华商印刷有限公司	
经　　销	全国新华书店	
开　　本	32 开（880×1 230）	
印　　张	4.75	
印　　数	0 001-5 000	
字　　数	110 千字	
版　　次	2023 年 7 月第 1 版	
印　　次	2023 年 7 月第 1 次印刷	
标准书号	ISBN 978-7-5700-0841-4	
定　　价	65.00 元	